KB266669

천천히 가는 시계

나태주 시
하록 그림

지혜

실은 이 책은 좀 뜸을 들인 책이다. 지혜출판사의 반경환 대표가 일찍이 시화집 출간을 제안해 왔고 화가의 그림 견본을 보여줬을 때, 나는 약간 당황했던 바 있다. 내가 그동안 시화집을 통해 보아온 그런 부류의 그림이 아니었던 것이다.

하지만 한동안 시간을 보낸 뒤 시집 전체로 완성된 그림을 다시 보았을 때, 나는 내가 처음 왜 그림을 보고 당황했으며 시집 출간에 뜸을 들였나 그 이유를 알게 되었다. 그림이 전혀 새롭고 신선했던 것이었다. 시와 어울리면서도 그림 자체로 독립성을 띄고 있었다.

이런 데서도 내가 나이 먹은 사람이라는 게 표가 나는 증거인데, 나는 뒤늦게 내 안목의 낡음을 돌아보면서 이런 그림과 함께 나의 시가 시화집으로 묶어짐을 오히려 기쁘게 생각하기에 이르렀다. 말하자면 온고지신溫故知

新의 어울림이 이루어진 셈이다.

그리고 시 작품의 선택이 놀랍다. 「풀꽃 1」과 「그리움」
이외에는 별로 일반 독자 대중에 알려지지 않은 작품들
을 주로 골랐다. 어떤 작품은 나의 초기 시집 구석진 곳
에 숨어 있는 작품을 일부러 꺼내어 보여주고 있어, 마
치 이 시집이 새로운 나의 시집처럼 느끼도록 구성했다,
역시 시인의 작품은 애정 있는 독자의 안목과 선택으로
다시 태어난다는 것을 실감할 수 있는 기회가 되었다.
두루 감사한 노릇이다.

2026년 새봄에
나태주 씁니다.

작가의 말

　　그림을 그리기 위해서는 뼈대가 필요합니다. 따라가며 선을 그리고 색을 얹고 때로는 지우기도 할 뼈대가요. 그 뼈대는 감정일 수도 있고 깊이 남은 경험일 수도 있고 구체적인 형태일 수도 있습니다. 짐작하시다시피 이 책에 담긴 그림의 경우 그 뼈대는 시였습니다.

　　이미 완성된 누군가의 세계를 다시 그림으로 풀어내는 것은 개인작업보다 언제나 훨씬 더 조심스럽고 긴장되는 일입니다. 심지어 그 세계가 까마득한 대시인의 시라면 더더욱 그렇습니다. 과분하게도 시선을 일임해주셨기 때문에 처음에는 널리 알려진 시를 위주로 어떻게 이 시를 그림으로 전달하면 좋을까를 고민했습니다. 하지만 이내 이만한 거장의 작품을 구태여 고스란히 다시 그리는 것은 큰 의미가 없다는 생각이 들었습니다. 이미 경지에 오른, 더 붙일 것도 더할 것도 없는 시이니까요.

그리하여 제가 고른 길은 시를 뼈대로 삼는 것이었습니다. 초기작부터 최근의 작품까지, 제게 가장 울림이 크고 제게 가장 와닿는 작품을 모아 그 시를 읽으며 제가 느낀 것을 담았습니다. 제가 느낀 마음을 보는 사람도 느낄 수 있도록 뼈대에 살로 붙여 그렸습니다. 든든한 가지가 되어주신 나태주 선생님 작품들 덕분에 이렇게 결과물을 보여드릴 수 있게 되었습니다. 감사의 말씀을 올립니다. 제게 뜻깊은 작업이었던 만큼 나태주 선생님께도 봐주시는 독자분들께도 부디 마음에 남는 시화집이 되기를 기원합니다.

2026년 봄

하록

차례

1부

3부

• **일러두기**
페이지의 첫줄이 연과 연 사이의 띄어쓰기 줄에 해당할 경우 > 로 표시합니다.

1부

너 없는 날

사람 많은 데서 나는
겁이 난다,
거기 네가 없으므로.

사람 없는 데서 나는
겁이 난다,
거기에도 너는 없으므로.

아침

1

밤마다 너는
별이 되어 하늘 끝까지 올라갔다가
밤마다 너는
구름이 되어 어둠에 막혀 되돌아오고

그러다 그러다
그여히
털끝 하나 움쩍 못할 햇무리 안에
갇혀버린 네 눈물자죽만,

보라! 이 아침
땅 위에 꽃밭을 이룬
시퍼런 저승의 입설들.

2

끝없이 찾아 헤매다 지친 자여.

그대의 믿음이 끝내 헛되었음을 알았을 때
그대는 비로소 한 떼의
그대가 버린 눈물과 만나게 되리라.

아직도 귀엽고 사랑스러운
아직은 이루어져야 할
언젠가 버린 그대의 약속들과 만나리라.

자칫 잡았다 놓친
그 날의 그 따스한 악수와
다시 오솔길에 서리라.

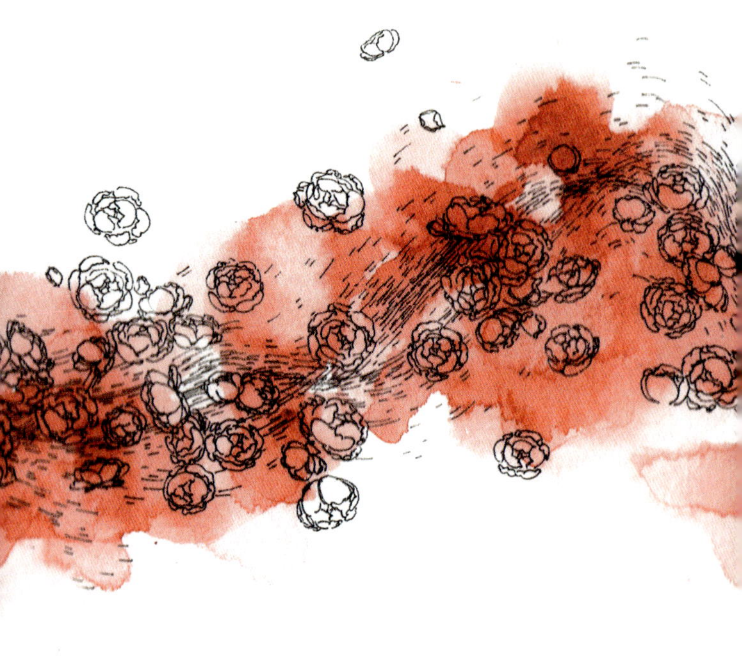

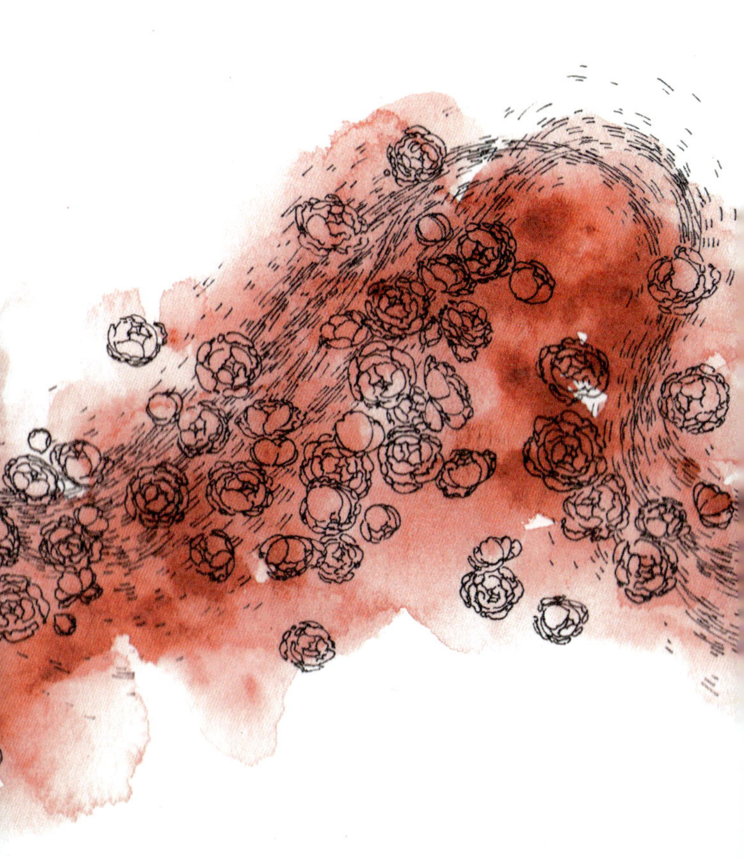

이 가을에

아직도 너를 사랑해서
슬프다.

먹물

그대 얼굴 위에
한 조각 흐린 노을빛.
미소가 남아 있을 때까지만
여기 앉아 있겠습니다.

그대 두 눈 위에
고인 맑은 호숫물.
눈물이 마르기 전에
이내 떠나겠습니다.

화선지,
번지는
먹물.

너를 향하여

오늘도 나는
네가 지나가는 것을 보기 위하여
창문을 열고
창가에 앉아
웃고 있다.

너보고 보아달라는 듯이.
너보고 보아달라는 듯이.

빗소리

홈통에 내리는 물방울 소리 하나에도
풀밭에 이는 여린 바람 하나에도
상처를 받으며
깊게 상처를 받으며
나는 그렇게 살아 있고 싶었다.
어쩌면,
홈통에 내리는 물방울 소리가 되어
풀밭에 이는 여린 바람이 되어
또는,
아침 풀밭에 갓 피어난 장미꽃
그 조찰하게 흔들리는 미소가 되어
나는 그렇게 살아 있고 싶었다.

우울

쓸쓸한 생각이 들 때만 오너라.
섭섭한 생각이 들 때만 오너라.
억울한 생각이 들 때만 오너라.

즐거운 일이 있을 땔랑은
너의 친구들과 함께 있다가,
신나는 일이 있을 땔랑은
너의 애인들이랑 함께 있다가,

배반당했다고 생각할 때만 오너라.
버림받았다고 생각할 때만 오너라.
하고 싶은 말이 가슴에 고이거든 오너라.

굴뚝 모퉁이

굴뚝 모퉁이
숯검정으로 눈썹 그린
굴뚝새랑
울밑에 머리 올올이 푼
겨울 각시풀이랑

손을 잡고
손을 맞잡고
더는 약해지지 말기를……
더는 쓰러지지 말기를……

겨울 논두렁길에
퍼런 입술
독새풀이랑
염소가 먹다 버린

콩깍지들이랑

등을 맞대고
어깨를 맞대고
너무 외로워 말기를……
너무 서러워 말기를…….

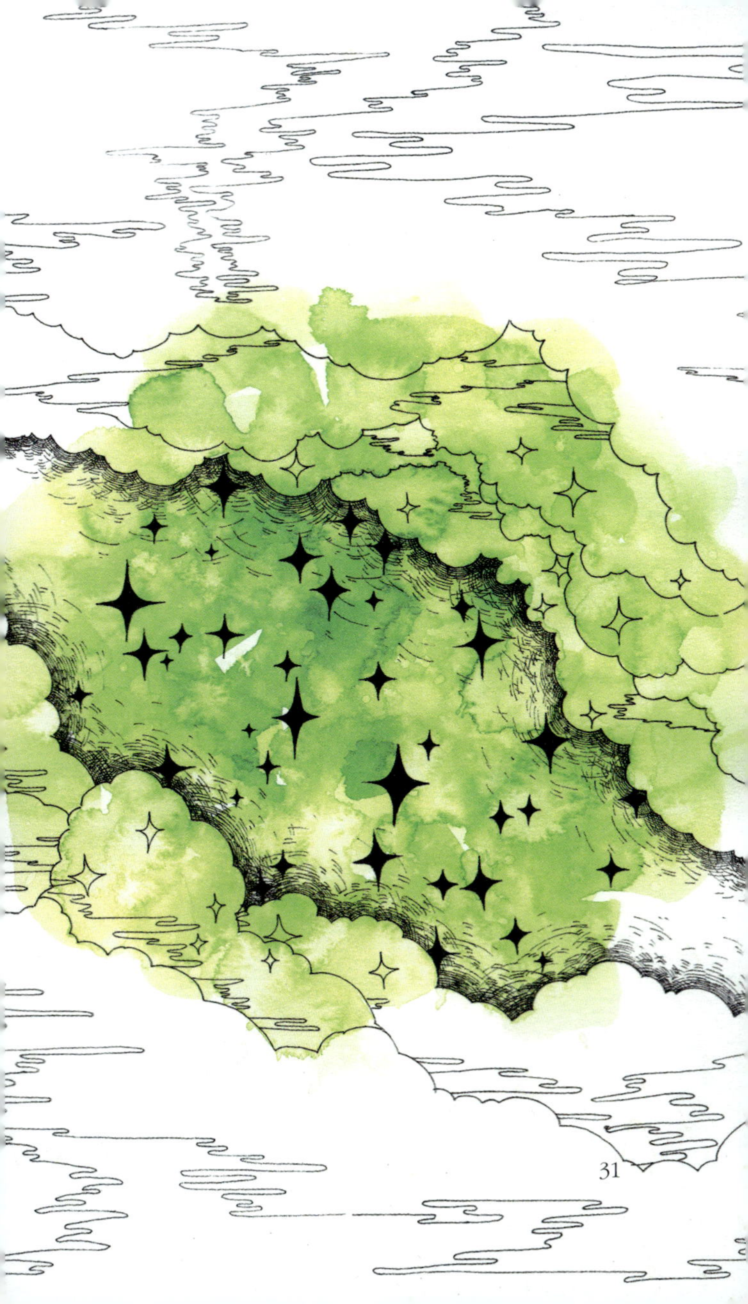

겨울 농부

우리들의 가을은 논 귀퉁이에
검불더미만을 남겨놓고
저녁 하늘에 빈 달무리만을 띄워놓고
우리들 곁을 떠나갔습니다.

보리밭에 보리 씨를 뿌려놓고
마늘밭에 마늘쪽을 심어놓고
이제 이 나라에는
외롭고 긴 겨울이 찾아올 차례입니다.

헛간의 콩깍지며 시래기를 되새김질하는 염소와
눈을 집어먹고 껍질 없는 알을 낳는 암탉과
어른들 몰래 꿩약을 놓는 아이들의 겨울이
찾아올 차례입니다.

>

그리하여

봄을 기다릴 줄 아는 사람들만이

눈 속에 갇혀 외롭게 우는 산새 소리를 들을 것이며

눈에 덮여서 더욱 싱싱하게 자라나는 보리밭의 보리

싹들을

눈물겨운 눈으로 바라볼 것입니다.

눈물겨운 눈으로 바라볼 것입니다.

향기 없음이

향기 없음이
오히려 향기로와라

사람 없는 곳에
숨어서 울며

생명부지의 사람들
틈에 묻혀서 산다

끝끝내 아무한테도 들키지 않은
돌멩이 하나.

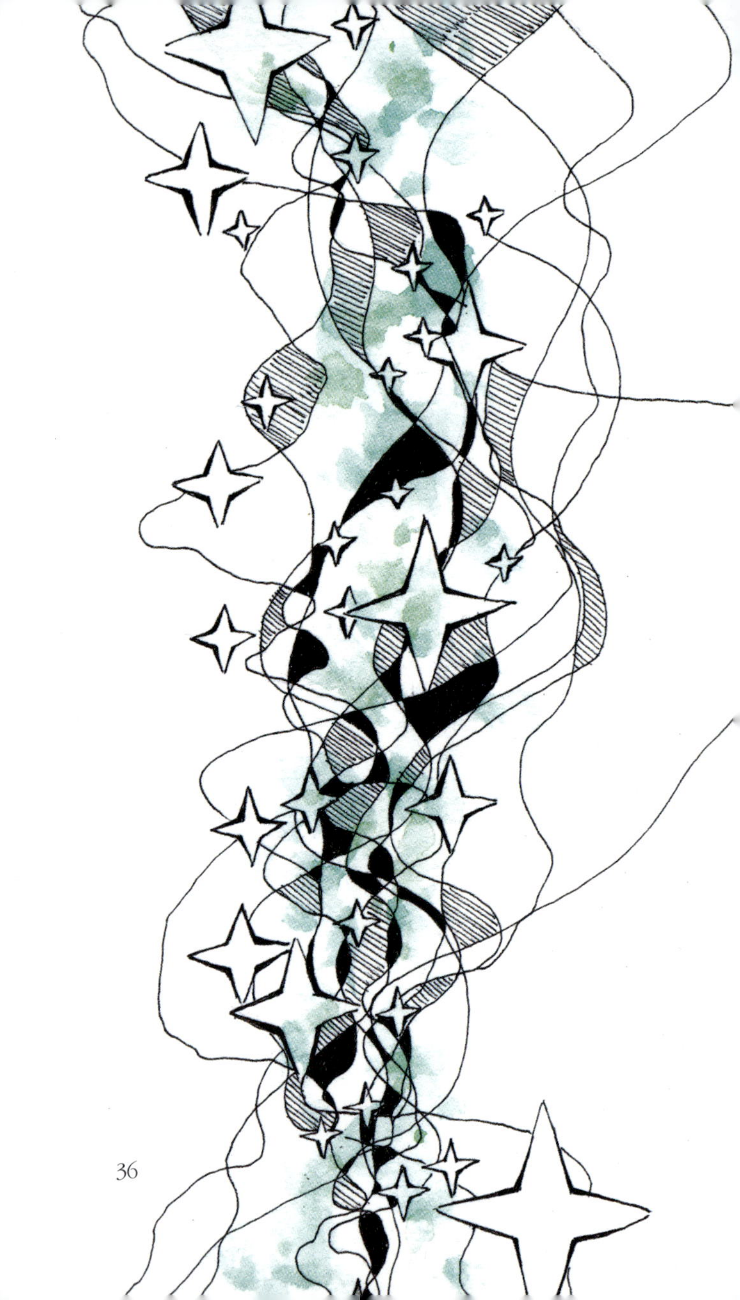

안개가 짙은들

안개가 짙은들
산까지 지울 수야

어둠이 짙은들
오는 아침까지 막을 수야

안개와 어둠속을 꿰뚫는
물소리, 새소리,

비바람 설친들
피는 꽃까지 막을 수야.

2부

아침부터

아침부터 이상한 바람이 불었습니다

나뭇잎새 사이 슬픈 소리로 속삭이는 바람

누구라 없이 버림받아

어디 먼 곳으로 떠나고라도 싶은 마음

까닭없이 나는 길바닥에

주저앉고 싶었습니다

이런 날 그대 만난다면

마주 손을 잡았으리.

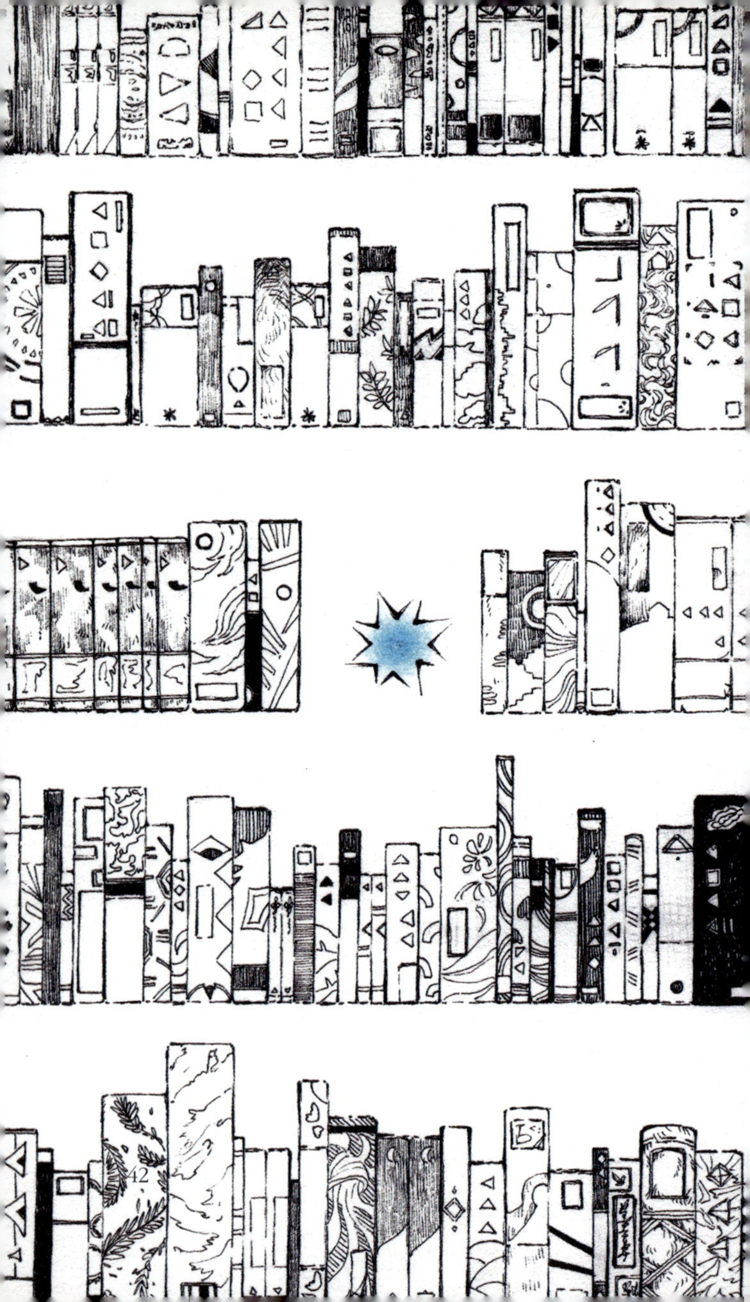

42

어떤 얼굴

별 하나
이 땅 위에 떨어져 있구나
그대의 얼굴.

돌멩이

45

흐르는 맑은 물결 속에 잠겨

보일 듯 말 듯 일렁이는

얼룩무늬 돌멩이 하나

돌아가는 길에 가져가야지

집어 올려 바위 위에

놓아두고 잠시

다른 볼일 보고 돌아와

찾으려니 도무지

어느 자리에 두었는지

찾을 수가 없다

혹시 그 돌멩이, 나 아니었을까?

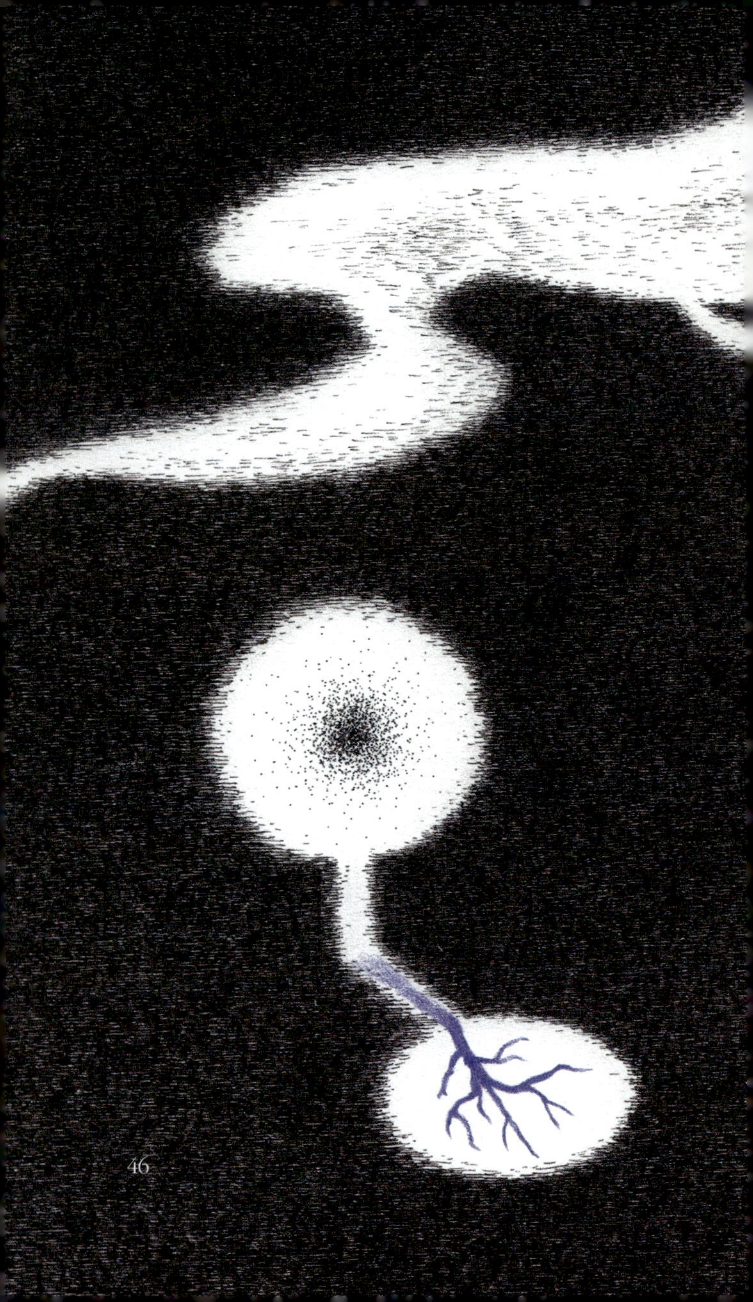

시인학교

남의 외로움 사 줄 생각은 하지 않고

제 외로움만 사 달라 조른다

모두가 외로움의

보따리 장수.

선종

피
한 방울
놓쳐버린 바다

울며
떠난 고래는
돌아오지 않았다

다만 노을이 붉었다.

11월

돌아가기엔 이미 너무 많이 와버렸고
버리기에는 차마 아까운 시간입니다

어디선가 서리 맞은 어린 장미 한 송이
피를 문 입술로 이쪽을 보고 있을 것만 같습니다

낮이 조금 더 짧아졌습니다
더욱 그대를 사랑해야 하겠습니다.

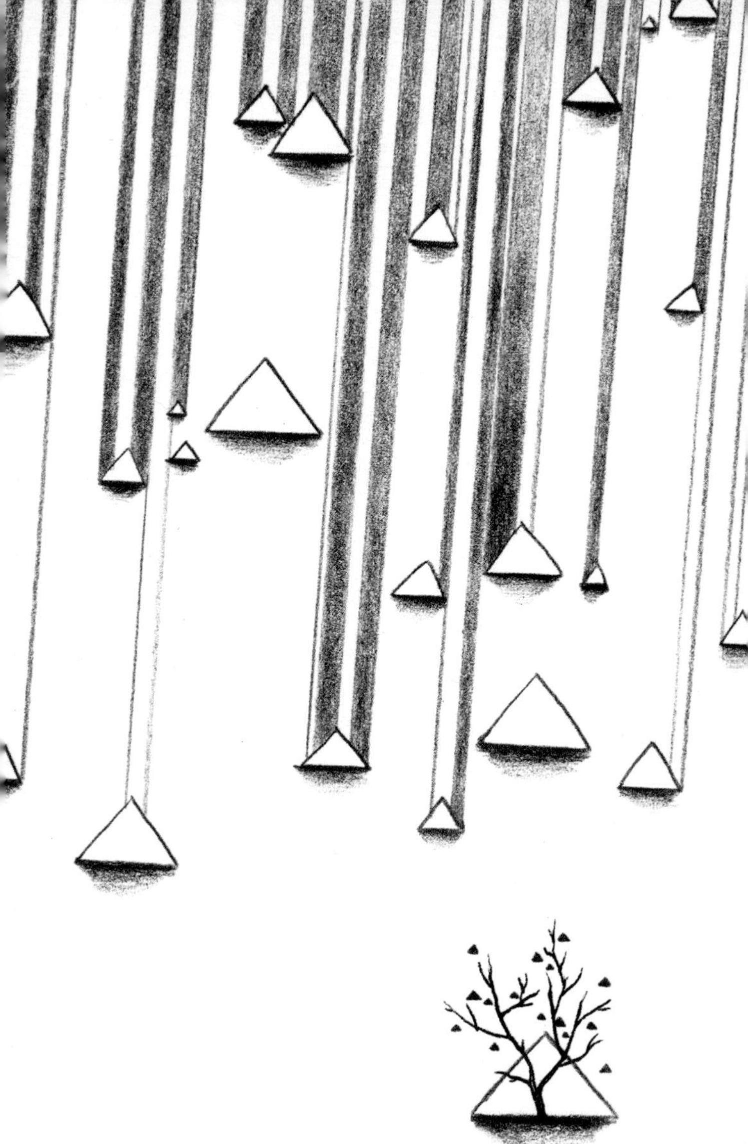

꽃그늘

아이한테 물었다

이담에 나 죽으면
찾아와 울어줄 거지?

대답 대신 아이는
눈물 고인 두 눈을 보여주었다.

혼자서

무리지어 피어 있는 꽃보다
두 셋이서 피어 있는 꽃이
도란도란 더 의초로울 때 있다

두 셋이서 피어 있는 꽃보다
오직 혼자서 피어있는 꽃이
더 당당하고 아름다울 때 있다

너 오늘 혼자 외롭게
꽃으로 서 있음을 너무
힘들어 하지 말아라.

오늘의 약속

덩치 큰 이야기, 무거운 이야기는 하지 않기로 해요
조그만 이야기, 가벼운 이야기만 하기로 해요
아침에 일어나 낯선 새 한 마리가 날아가는 것을 보았
다든지
길을 가다 담장 너머 아이들 떠들며 노는 소리가 들려
잠시 발을 멈췄다든지
매미 소리가 하늘 속으로 강물을 만들며 흘러가는 것
을 문득 느꼈다든지
그런 이야기들만 하기로 해요

남의 이야기, 세상 이야기는 하지 않기로 해요
우리들의 이야기, 서로의 이야기만 하기로 해요
지나간 밤 쉽게 잠이 오지 않아 애를 먹었다든지
하루 종일 보고픈 마음이 떠나지 않아 가슴이 뻐근했
다든지

모처럼 개인 밤하늘 사이로 별 하나 찾아내어 숨겨놓
은 소원을 빌었다든지
그런 이야기들만 하기로 해요

실은 우리들 이야기만 하기에도 시간이 많지 않은 걸
우리는 잘 알아요
그래요, 우리 멀리 떨어져 살면서도
오래 헤어져 살면서도 스스로
행복해지기로 해요
그게 오늘의 약속이에요.

사랑하는 마음 내게 있어도

사랑하는 마음
내게 있어도
사랑한다는 말
차마 건네지 못하고 삽니다
사랑한다는 그 말 끝까지
감당할 수 없기 때문

모진 마음
내게 있어도
모진 말
차마 하지 못하고 삽니다
나도 모진 말 남들한테 들으면
오래오래 잊혀지지 않기 때문

외롭고 슬픈 마음

내게 있어도
외롭고 슬프다는 말
차마 하지 못하고 삽니다
외롭고 슬픈 말 남들한테 들으면
나도 덩달아 외롭고 슬퍼지기 때문

사랑하는 마음을 아끼며
삽니다
모진 마음을 달래며
삽니다
될수록 외롭고 슬픈 마음을
숨기며 삽니다.

3부

매화 꽃 아래

여기서 좋았으니
거기서도 좋겠지
나하고 좋았으니
다른 이들과도 좋겠지

마음 조아려
빌고 비노라

살아서 좋았으니
살지 않아서도 좋겠지
활짝 핀 매화 꽃 아래
아직은 썰렁한 바람 속에.

목소리 듣고 싶은 날

오늘은 내가 우울한 날

조금은 쓸쓸한 날

네 목소리라도

듣고 싶었는데

목소리 들려줘서 고마워

비가 오고 흐린 날이지만

파란 하늘빛 같은 목소리

비 맞고 새로 일어서는

풀잎 같은 목소리

들려줘서 고마워

그래 다시 나도 파하란 하늘빛이

되어보는 거야

초록의 풀잎으로 다시

일어서 보는 거야.

금세

그러자
그렇게 하자

네가 온다니
네가 정말 온다니

지금부터 나는
꽃 피는 나무

겨울이지만
마음이 봄날이다.

*『어린왕자』에서 생텍쥐페리는 이렇게 썼다.
 '네가 오후 네 시에 온다면 나는 세 시부터 행복해질 거야.'

사는 법

그리운 날은 그림을 그리고
쓸쓸한 날은 음악을 들었다

그리고도 남는 날은
너를 생각해야만 했다.

산

거기 네가 있었다
감았던 눈을 뜨자마자
네가 보였다
사랑하지 않을 수 없었다.

너 가다가

너 가다가
힘들거든 뒤를 보거라

조그만 내가
있을 것이다

너 가다가
다리 아프거든
뒤를 보거라

더 작아진 내가
있을 것이다

너 가다가
눈물 나거든

뒤를 보거라

조그만 점으로 내가
보일 것이다.

산수유

아프지만 다시 봄

그래도 시작하는 거야
다시 먼 길 떠나보는 거야

어떠한 경우에도 나는
네 편이란다.

79

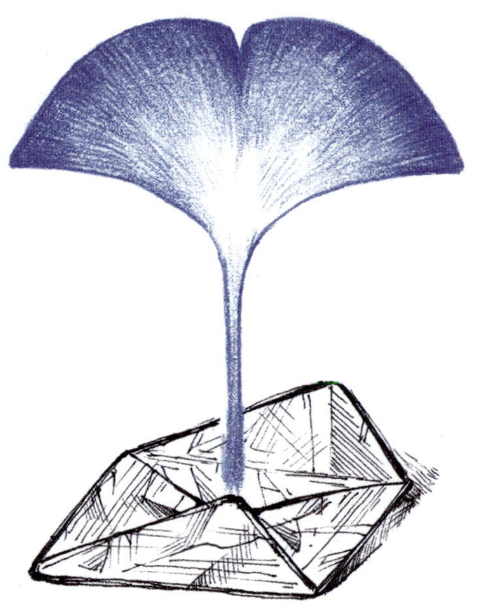

가을 편지

사랑한다는 말을
끝까지아끼면서
사랑한다는 말을
하기는어려웠다.

풀꽃 1

자세히 보아야
예쁘다

오래 보아야
사랑스럽다

너도 그렇다.

방관자

85

나는 보지 않았다고
듣지 않았다고
말하지 말라
나는 그 자리에 없었다고
모르는 일이라고
말하지 말라
실은 나도 그 자리에 있기는 있었다고
나도 알기는 알고 있었다고 차라리
솔직히 말하라
모두 내 탓이라고
그러나 나는 비겁했을 뿐이라고
말하라.

그리움

가지 말라는데 가고 싶은 길이 있다
만나지 말자면서 만나고 싶은 사람이 있다
하지 말라면 더욱 해보고 싶은 일이 있다

그것이 인생이고 그리움
바로 너다.

천천히 가는 시계

천천히, 천천히 가는 시계를
하나 가지고 싶다

수탉이 길게, 길게 울어서
아, 아침 먹을 때가 되었구나 생각을 하고
뻐꾸기가 재게, 재게 울어서
어, 점심 먹을 때가 지나갔군 느끼게 되고
부엉이가 느리게, 느리게 울어서
으흠, 저녁밥 지을 때가 되었군, 깨닫게 되는
새의 울음소리로만 돌아가는 시계

나팔꽃이 피어서
날이 밝은 것을 알고 또
연꽃이 피어서 해가 높이 뜬 것을 알고
분꽃이 피어서 구름 낀 날에도

해가 졌음을 짐작하게 하는
꽃의 향기로만 돌아가는 시계

나이도 먹을 만큼 먹어가고
시도 쓸 만큼 써 보았으니
인제는 나도 천천히 돌아가는
시계 하나쯤 내 몸 속에
기르며 살고 싶다.

 나 태 주

나태주 시인은 1945년 충남 서천에서 태어나 1963년 공주 사범학교를 졸업했다. 1964년부터 43년간 초등학교 교직에 몸담았으며, 2007년 공주 장기초등학교 교장으로 정년 퇴임했다.

1971년 서울신문 신춘문예로 등단한 이후, 1973년 첫 시집 『대숲 아래서』를 출간했다. 이후 창작 시집과 시화집, 시선집, 산문집, 동화집 등 250여 권의 문학 저서를 펴냈다. 그중 시선집 『꽃을 보듯 너를 본다』는 국내외 판매 100만 부에 육박하며, 일본·중국·대만·태국·필리핀·인도네시아 등 여러 나라에서 번역 출간되었다.

교직 퇴임 이후에는 공주문화원장과 한국시인협회장을 역임했으며, 2014년부터 공주시의 지원으로 '나태주풀꽃문학관'을 설립·운영하고 있다. 또한 '풀꽃문학상', '풀꽃동시상', '해외풀꽃시인상'을 제정해 시상하고 있다.

하 록

하록 작가는 1990년 대전에서 출생했다. 홍익대학교 시각 디자인과를 졸업하여 그림을 그리다 2019년 〈우, 화〉, 2020년 〈우리를 머금는 곳〉이라는 제목으로 일러스트레이션 전시회를 열었다. 2024년 『애지』(「눈부시게 맑은 밤 우리 거기에」 외 4편)로 등단, 동년 시집 『설원과 마른 나무와 검은색에 가까운 녹색의』를 출간하였다.

나태주 시화집

천천히 가는 시계

초판 1쇄	2026년 3월 1일
지 은 이	나태주
그　　림	하록
표지서체	마포꽃섬
펴 낸 이	반송림
펴 낸 곳	도서출판 지혜
기획위원	반경환
주　　소	34624 대전광역시 동구 태전로 57, 2층
전　　화	042-625-1140
팩　　스	042-627-1140
전자우편	eji@ji-hye.com
	ejisarang@hanmail.net
인　　쇄	영신사
제작총괄	조종열

ISBN	979-11-5728-600-3　　02810
값	13,000원